어린이를 위한
대학·중용
따라쓰기

HRS 학습센터 기획·엮음

루돌프

《대학》은 어떤 책일까?

《대학》은《논어》《맹자》《중용》과 함께 '사서'라고 불리는 유학의 경전이에요. 유학을 공부하는 사람이라면 꼭 읽어야 할 공자님의 말씀을 담은 책이지요. 사서는 중국 남송시대에 주자라는 사람이 여러 유교 경전 가운데 골라 정리한 것이에요.《대학》과《중용》은 원래《예기》라는 책에 들어 있던 일부분이었어요. 그런데 주자가 주석을 붙여《논어》《맹자》와 함께 경전으로 따로 묶으면서 사서가 되었지요.

그렇다면 사서는 어떤 내용을 담고 있을까요?

먼저《논어》는 공자가 그의 제자 또 당시 사람들과 나눈 이야기를 모은 책이에요. 공자가 돌아가신 후에 제자들이 모여 함께 엮었지요. 공자보다 100여 년 뒤에 태어난 맹자는 여러 나라를 다니며 왕도정치와 인을 주장했어요. 이러한 주장을 맹자의 제자들이 모아 기록한 책이《맹자》랍니다.《대학》은 공자의 제자 중 한 사람인 증자가 썼다고 하지만 확실하지는 않아요. 그 내용에 주자가 주석을 달고 정리해서 오늘날의《대학》이 만들어졌지요.《중용》은 공자의 손자인 자사가 썼다고 하지만 이 또한 확실하지 않답니다.

이 중에서도 특히《대학》은 유교를 처음 공부하는 사람들이 가장 먼저 읽어야 하는 책이랍니다. 왜냐하면《대학》은 자신의 뜻을 세우고, 그 뜻을 펼치기 위해서 어떻게 공부해야 하는지에 관한 내용을 담았기 때문이지요.《대학》에서 가장 강조하는 부분은 '수신제가치국평천하'예요. 즉 자신을 수양한 후에야 집안을 잘 다스릴 수 있고, 그 후에야 나라를 올바르게 통치할 수 있으며, 그다음에야 비로소 천하를 평안히 할 수 있다는 뜻이지요.

그래서 과거에는 지금의 대학교와 같은 역할을 했던 태학에서《대학》을 가르쳤답니다. 태학은 열다섯 살이 되면 입학할 수 있었는데 이곳에서 사물의 이치를 연구하고 몸과 마음을 갈고닦으면서 사람을 다스리는 법도를 배웠지요.

초등학생인 여러분은 한 번 읽어서는 도대체 무슨 말인지 제대로 이해하기 어려울 수도 있어요. 하지만 포기하지 말고 계속 소리 내어 읽다 보면 '아, 선현의 말씀이 이런 뜻이었구나!' 하고 깨닫게 될 때가 올 거예요.

 중용은 어떤 책일까?

《중용》은 사서 중에서도 유학의 원리를 담은 책이에요. 사서 가운데 가장 마지막에 읽으면 좋을 책이지요. 사서는 가장 먼저 《대학》, 다음은 《논어》와 《맹자》, 마지막으로 《중용》의 순서를 따라 읽으면 좋답니다.

《중용》에서 다루는 내용은 크게 두 가지예요. '과연 중용이란 어떤 것인가?'라는 것과 '성실함이란 무엇인가?'라는 것이지요. '중용'에서 '중'이란 지나치거나 모자람이 없는 거예요. 흔히 '중간'이라고 말하는 것과 비슷해요. '용'이란 항상 변함없는 것을 말해요. 모아 보면 중용이란 '변함없이 지나치거나 모자람이 없는 상태'를 말한답니다. 너무 쉬울 것 같다고요? 아니에요. 절대 그렇지 않답니다. 예를 들어 볼까요? 너무 즐거워하거나 너무 슬퍼하는 것, 너무 미워하는 것은 모두 지나치거나 모자람이 없는 거예요. 중용이 아니지요. 게다가 언제나, 항상 지나치거나 모자람이 없이 마음을 조용히 다스리기는 매우 어려운 일이랍니다.

그래서 유학을 공부하는 선비들은 중용을 지키기 위해 끊임없이 자신을 갈고닦았어요. 지금은 마음이 중용에 있다 해도 얼마 지나지 않아 화나는 일이 생기고, 가지고 싶은 것이 생기고, 보고 싶은 누군가가 생기는 것이 사람의 마음이니까요.

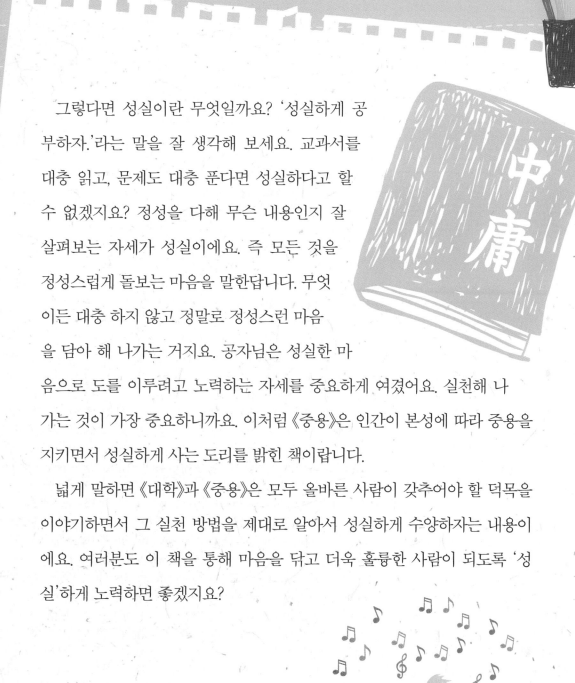

　그렇다면 성실이란 무엇일까요? '성실하게 공부하자.'라는 말을 잘 생각해 보세요. 교과서를 대충 읽고, 문제도 대충 푼다면 성실하다고 할 수 없겠지요? 정성을 다해 무슨 내용인지 잘 살펴보는 자세가 성실이에요. 즉 모든 것을 정성스럽게 돌보는 마음을 말한답니다. 무엇이든 대충 하지 않고 정말로 정성스런 마음을 담아 해 나가는 거지요. 공자님은 성실한 마음으로 도를 이루려고 노력하는 자세를 중요하게 여겼어요. 실천해 나가는 것이 가장 중요하니까요. 이처럼 《중용》은 인간이 본성에 따라 중용을 지키면서 성실하게 사는 도리를 밝힌 책이랍니다.

　넓게 말하면 《대학》과 《중용》은 모두 올바른 사람이 갖추어야 할 덕목을 이야기하면서 그 실천 방법을 제대로 알아서 성실하게 수양하자는 내용이에요. 여러분도 이 책을 통해 마음을 닦고 더욱 훌륭한 사람이 되도록 '성실'하게 노력하면 좋겠지요?

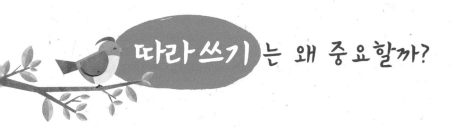

따라쓰기는 왜 중요할까?

　따라쓰기, 베껴쓰기는 '필사'라고도 해요. 필사의 역사는 매우 오래되었답니다. 오래 전에는 책을 만들려면 필사를 해야 했어요. 책 한 권을 두고 여러 사람이 베껴 써서 다른 한 권의 책을 만들었으니까요.

　하지만 최근에는 필사를 하는 이유가 책을 만들기 위해서는 아니에요. 그렇다면 왜 책을 베껴 쓰는 것일까요? 그것은 몇 가지 이유가 있답니다.

　첫 번째로, 책을 따라 쓰면 그 책의 내용을 자세히 그리고 정확히 알 수 있어요.

　요즘처럼 컴퓨터 키보드로 입력하거나 눈으로 후루룩 읽으면 그 당시에는 다 아는 것 같아도 금방 잊혀지고 말아요. 그러나 책의 내용을 눈으로 보면서 손으로는 따라 쓰고, 입으로는 소리 내어 읽으면 책의 내용을 훨씬 더 자세히 익힐 수 있어요. 작가가 어떤 이유로, 어떤 마음으로 책을 썼는지 파악할 수 있는 힘도 기를 수 있지요. 그러니까 책을 따라 쓴다는 것은 꼼꼼히 읽는 또 다른 방법이라고 할 수 있어요.

　두 번째로, 책을 따라 쓰면 손끝을 자극하기 때문에 뇌 발달에 도움이 되어요.

　손은 우리 뇌와 가장 밀접하게 연결되어 있어요. 손을 많이 움직이고, 정교하게 움직이면 뇌에 자극을 주기 때문에 뇌의 운동이 활발해지지요. 글을 쓰는 것은 손을 가장 잘 움직일 수 있는 방법 가운데 하나예요. 그렇기 때문에 따라쓰기를 통해 뇌의 근육을 키워 머리가 좋아질 수 있지요.

세 번째로, 책을 한 줄 한 줄 따라 쓰다 보면 정서를 풍부하게 해주어요.

한 자리에 앉아서 한 자, 한 자 정성 들여 옮겨 쓴다는 것은 절대 쉬운 일이 아니에요. 특히 여러 가지 전자기기 때문에 인내심이 사라진 요즘에는 좀이 쑤시는 일일 수도 있어요. 하지만 처음에는 조금 힘들어도 따라쓰기에 재미를 붙이면 어느새 마음도 차분해지고, 감성도 풍부해지고 글을 즐길 수 있는 마음의 여유도 생긴답니다.

바로 이런 이유 때문에 지금도 필사의 중요성은 계속되고 있지요. 여러분도 이 책을 통해 따라쓰기, 베껴쓰기의 중요성과 즐거움을 알게 되었으면 좋겠네요.

자, 이제부터 지혜로운 선현의 말씀에 귀를 기울이며 따라쓰기를 시작해 보세요!

대학

따라쓰기

대학의 도는 밝은 덕을 밝히는 것에 있으며, 백성을 새롭게 하는 것에 있으며, 최선의 경지에 머무르는 것에 있다.

✏️ 예문을 따라 한 자 한 자 예쁘게 써 보세요.

✏️ 직접 써 보세요.

 자기 내면에 있는 덕을 밝혀 백성이 새로워지도록 함으로써 천하의 어떤 사람과 사물이라도 각자의 자리를 얻게 하는 것이 《대학》을 쓴 이유랍니다.

 大學之道 在明明德 在新民 在止於至善
대학지도 재명명덕 재신민 재지어지선

머무를 곳을 안 뒤에야 정해지고, 정해진 뒤에야 흔들리지 않으며,
흔들리지 않은 뒤에야 평안할 수 있고, 평안해진 뒤에야 생각할 수 있으며,
생각한 뒤에야 얻을 수 있다.

✏️ 예문을 따라 한 자 한 자 예쁘게 따라 써 보세요.

✏️ 직접 써 보세요.

생각해 볼까요?   고전의 문장은 한 번 읽어서는 무슨 뜻인지 알기 어려워요.
하지만 소리 내어 몇 번이고 읽다 보면 그 뜻을 잘 이해할 수 있지요.

한자 원문   知止而后有定 定而后能靜 靜而后能安 安而后能慮 慮而后能得
지 지 이 후 유 정   정 이 후 능 정   정 이 후 능 안   안 이 후 능 려   여 이 후 능 득

11

사물에는 근본과 말단이 있고 일에는 시작과 마침이 있으니,
먼저 하고 나중에 할 바를 알면 도에 가깝다.

✏️ 예문을 따라 한 자 한 자 예쁘게 써 보세요.

✏️ 직접 써 보세요.

순서의 중요함을 설명한 말이에요.
지금 여러분이 먼저 해야 할 일은 무엇일까요?

한자 원문 物有本末 事有終始 知所先後 則近道矣
물 유 본 말   사 유 종 시   지 소 선 후   즉 근 도 의

온 세상에 밝은 덕을 밝히려는 사람은 먼저 그 나라부터 다스리고,
나라를 다스리려는 사람은 먼저 그 집안부터 바로잡아야 한다.

✏️ 예문을 따라 한 자 한 자 예쁘게 써 보세요.

✏️ 직접 써 보세요.

 세상을 평화롭게 하려는 사람은 우선 자신의 나라를 잘 다스려야 하고,
또 그보다 앞서 자신의 집안부터 잘 다스려야 한다는 말이지요.

한자 원문 古之欲明明德於天下者 先治其國 欲治其國者 先齊其家
고 지 욕 명 명 덕 어 천 하 자 선 치 기 국 욕 치 기 국 자 선 제 기 가

05  하루에 한문장씩 함께 써 봐요!

집안을 바로잡으려는 사람은 먼저 자신을 수양하고,
자신을 수양하려는 사람은 먼저 그 마음부터 바르게 해야 한다.

✏️ 예문을 따라 한 자 한 자 예쁘게 써 보세요.

✏️ 직접 써 보세요.

 수양이란 몸과 마음을 갈고닦아서 품성이나 지식을 높은 수준으로 끌어올리는 거예요. 여기서 몸을 닦는다는 것은 자신을 잘 관리하고 살핀다는 뜻이지 몸을 씻는 목욕이 아니랍니다.

 欲齊其家者 先脩其身 欲脩其身者 先正其心
　　　　　　욕 제 기 가 자 선 수 기 신 욕 수 기 신 자 선 정 기 심

06

월   일

마음을 바르게 하려는 사람은 먼저 뜻을 절실하게 하고, 뜻을 절실하게 하려는 사람은 먼저 철저히 알아야 하며, 철저히 앎은 사물을 탐구함에 있다.

✏️ 예문을 따라 한 자 한 자 예쁘게 써 보세요.

✏️ 직접 써 보세요.

자신의 마음이 반듯하기 위해서는 알아야 하고, 알기 위해서는 사물의 이치를 살펴야 한다는 말이에요. 아는 만큼 보인다는 말도 있잖아요?

한자 원문 欲正其心者 先誠其意 欲誠其意者 先致其知 致知在格物
욕 정 기 심 자   선 성 기 의   욕 성 기 의 자   선 치 기 지   치 지 재 격 물

15

마음이 올바르게 된 뒤에 수양이 되고, 수양이 된 뒤에 집안이 바로잡히고,
집안이 바로잡힌 뒤에 나라가 다스려지고, 나라가 다스려진 뒤에야
온 세상이 평안해진다.

✏️ 예문을 따라 한 자 한 자 예쁘게 써 보세요.

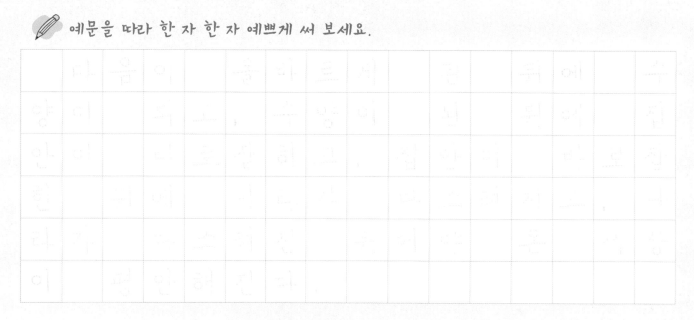

✏️ 직접 써 보세요.

온 세상을 평화롭게 하기 위해서는 어떤 과정이 필요한지 들려주는 글이에요.
여러분도 이런 자세를 갖도록 노력해 보세요.

한자 원문   心正而后身修 身修而后家齊 家齊而后國治 國治而后天下平
심 정 이 후 신 수   신 수 이 후 가 제   가 제 이 후 국 치   국 치 이 후 천 하 평

16

천자로부터 일반 백성에 이르기까지 모두 자신을 수양하는 것을 근본으로 삼는다.

 예문을 따라 한 자 한 자 예쁘게 써 보세요.

천	자	로	부	터		일	반		백	성	에		이	르
기	까	지		모	두		자	신	을		수	양	하	는
것	을		근	본	으	로		삼	는	다	.			

 직접 써 보세요.

 천자는 하늘의 뜻을 받아 하늘을 대신해 세상을 다스리는 사람이에요.
우리나라에서는 임금 혹은 왕이라고 불렸지요.

 自天子以至於庶人 壹是皆以修身爲本
자 천 자 이 지 어 서 인   일 시 개 이 수 신 위 본

09

하루에 한문장씩 함께 써 봐요!

월   일

근본이 흐트러져 있는데 끝이 다스려지는 일은 없다. 후하게 대해야 할 것에 박하게 하고 박하게 대해야 할 것에 후하게 해서 되는 일도 없다.

✏️ 예문을 따라 한 자 한 자 예쁘게 써 보세요.

✏️ 직접 써 보세요.

생각해 볼까요?

중심이 잘 안 잡혀 있으면 절대 마무리가 될 수 없다는 뜻이에요.
기초 지식이 없으면 공부를 잘 할 수 없는 것처럼요.

한자 원문

其本亂而末治者否矣 其所厚者薄而其所薄者厚 未之有也
기 본 란 이 말 치 자 부 의 기 소 후 자 박 이 기 소 박 자 후 미 지 유 야

18

진실로 하루가 새로워지려면 나날이 새롭게 하고
또 나날이 새로워지려고 노력해야 한다.

✏️ 예문을 따라 한 자 한 자 예쁘게 써 보세요.

✏️ 직접 써 보세요.

 아주 오래전 탕왕이 세숫대야에 새겼다는 글귀예요. 탕왕은 밝은 덕을 밝게 하려고
자신의 몸과 마음을 갈고닦았고, 백성도 그것을 실천하게 했지요.

한자 원문 湯之盤銘曰 苟日新 日日新 又日新
탕 지 반 명 왈 구 일 신 일 일 신 우 일 신

임금이 된 자는 어짊에 머물러야 하고, 신하가 된 자는 공경함에 머물러야 하고,
자식이 된 자는 효에 머물러야 하며, 아버지가 된 자는 자애로움에 머물러야 한다.

✏️ 예문을 따라 한 자 한 자 예쁘게 써 보세요.

✏️ 직접 써 보세요.

 임금, 신하, 자식 등 각자의 위치에서 가져야 하는 마음을 나타낸 글이에요.
자식으로서는 효도하는 마음을 가지는 것이 최고랍니다.

한자 원문 爲人君 止於仁 爲人臣 止於敬 爲人子 止於孝 爲人父 止於慈
위 인 군 지 어 인 위 인 신 지 어 경 위 인 자 지 어 효 위 인 부 지 어 자

12

하루에 한문장씩 함께 써 봐요!

월   일

자신의 의지를 성실하게 한다는 것은 자신을 속이지 않는 것이니
군자는 반드시 혼자 있을 때도 신중하게 행동한다.

✏️ 예문을 따라 한 자 한 자 예쁘게 써 보세요.

✏️ 직접 써 보세요.

 남을 속이기는 쉬워도 자신을 속이기는 어렵답니다.
진정한 군자라면 혼자 있을 때 특히 자신을 잘 단속해야 한다는 말이지요.

한자 원문 所謂誠其意者 毋自欺也 故君子 必愼其獨也
소 위 성 기 의 자 무 자 기 야 고 군 자 필 신 기 독 야

21

13

하루에 한문장씩 함께 써 봐요!

부귀함은 자신의 집을 윤택하게 하고 덕은 자신의 몸을 빛나게 하니,
마음이 넓으면 몸이 편안해진다.

✏️ 예문을 따라 한 자 한 자 예쁘게 써 보세요.

✏️ 직접 써 보세요.

 진짜 자신을 반짝이게 하는 것은 바로 덕이랍니다.
정말로 편안해지고 싶다면 마음을 넓혀 보세요.

한자 원문 富潤屋 德潤身 心廣體胖
부 윤 옥 덕 윤 신 심 광 체 반

마음에 분노하는 감정이 있으면 마음의 올바름을 얻을 수 없고,
마음에 두려워하는 감정이 있어도 마음의 올바름을 얻을 수 없다.

✏️ 예문을 따라 한 자 한 자 예쁘게 써 보세요.

✏️ 직접 써 보세요.

생각해 볼까요? 기분 나쁜 일이 생기면 화가 나는 것은 누구나 마찬가지예요. 하지만 그렇게 누군가에게 화내고,
무언가를 무서워하면 마음의 올바름은 얻을 수 없답니다.

한자 원문 身有所忿 則不得其正 有所恐懼 則不得其正
신 유 소 분 즉 부 득 기 정 유 소 공 구 즉 부 득 기 정

좋아하고 즐거워하는 감정이 있어도 마음의 올바름을 얻을 수 없고,
걱정이 있어도 마음의 올바름을 얻을 수 없다.

✎ 예문을 따라 한 자 한 자 예쁘게 써 보세요.

좋	아	하	고		즐	거	워	하	는		감	정	이
있	어	도		마	음	의		올	바	름	을		얻	을
수		없	고	,	걱	정	이		있	어	도		마	음	의
올	바	름	을		얻	을		수		없	다	.		

✎ 직접 써 보세요.

생각해 볼까요? 무언가를 너무 좋아하거나 집착하는 것도 마찬가지예요.
걱정거리가 가득할 때도 우리는 마음의 올바름을 얻을 수 없답니다.

한자 원문 有所好樂 則不得其正 有所憂患 則不得其正
유소호락 즉부득기정 유소우환 즉부득기정

마음이 없으면 보아도 보이지 않고 들어도 들리지 않으며 먹어도 그 맛을 알지 못한다. 이래서 몸을 닦음이 그 마음을 바르게 하는 데 있다고 하는 것이다.

 예문을 따라 한 자 한 자 예쁘게 써 보세요.

마	음	이		없	으	면		보	아	도		보	이	지
않	고		들	어	도		들	리	지		않	으	며	먹
어	도		그		맛	을		알	지		못	한	다	.	이
래	서		몸	을		닦	음	이		그		마	음	을
바	르	게		하	는		데		있	다	고		하	는
것	이	다	.											

 직접 써 보세요.

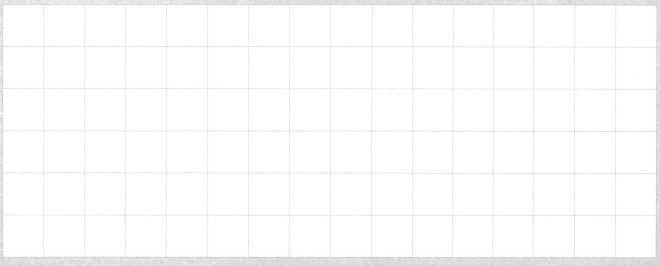

 다른 것에 마음을 온통 빼앗기면 공부를 해도 하나도 머릿속에 안 들어왔지요?
그래서 마음을 올바르게 하는 것이 필요하답니다.

 心不在焉 視而不見 聽而不聞 食而不知其味 此謂修身 在正其心
심 부 재 언 시 이 불 견 청 이 불 문 식 이 부 지 기 미 차 위 수 신 재 정 기 심

25

월   일

사람은 자신이 아끼고 좋아하는 것에 빠져들고, 천하게 여기고 싫어하는 것에
편견을 가지며, 두려워하고 공경하는 것에 지나치게 치우친다.

✏️ 예문을 따라 한 자 한 자 예쁘게 써 보세요.

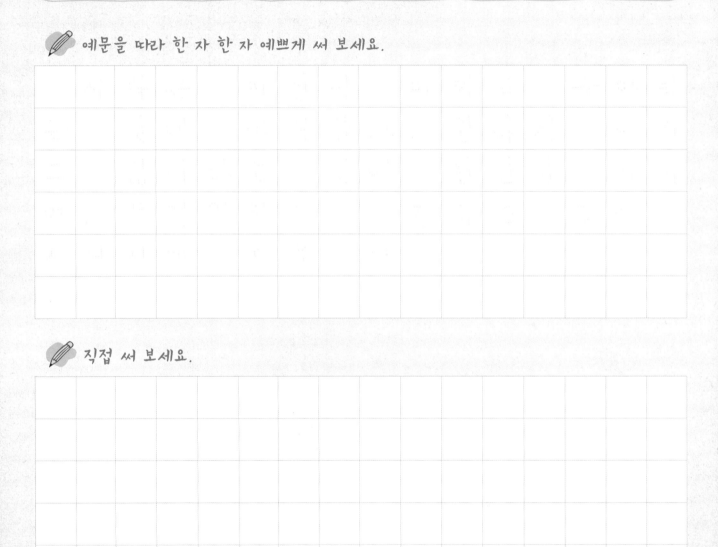

✏️ 직접 써 보세요.

  편견은 한쪽으로 기운 옳지 못한 생각이에요. 여러분은 자신이 싫어하는 친구, 교과목, 연예인,
색깔 등에 대해 편견을 갖고 있지는 않나요?

한자 원문 人之其所親愛而辟焉 之其所賤惡而辟焉 之其所畏敬而辟焉
인 지 기 소 친 애 이 벽 언   지 기 소 천 오 이 벽 언   지 기 소 외 경 이 벽 언

사람은 가엾고 불쌍한 것에 지나치게 마음을 쏟고,
오만하고 게을리 하는 것에 치우친다.

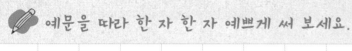
예문을 따라 한 자 한 자 예쁘게 써 보세요.

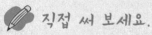
직접 써 보세요.

여러분도 만약 친구가 울고 있다면 무조건 친구를 감싸 줄 거예요.
하지만 그렇게 무조건 편을 드는 태도는 옳다고 할 수 없지요.

한자 원문 人之其所哀矜而辟焉 之其所敖惰而辟焉
인 지 기 소 애 긍 이 벽 언 지 기 소 오 타 이 벽 언

27

하루에 한 문장씩 함께 써 봐요!

좋아하는 것의 나쁜 점을 알고, 싫어하는 것의 좋은 점을 이해하는 사람은
매우 드물다.

✏️ 예문을 따라 한 자 한 자 예쁘게 써 보세요.

✏️ 직접 써 보세요.

생각해 볼까요? 17번과 18번에서 나온 다섯 가지는 사람이라면 누구나 치우치기 쉬운 것들을 지적하고 있어요.
제대로 살피지 못하면 한쪽으로 빠지기 쉬우므로 항상 경계해야 한다는 뜻이랍니다.

한자 원문 好而知其惡 惡而知其美者 天下鮮矣
호 이 지 기 악 오 이 지 기 미 자 천 하 선 의

20

하루에 한문장씩 함께 써 봐요!

사람은 자기 자식의 나쁜 점을 알지 못하고,
자기가 키우는 밭의 곡식이 자란 것을 알지 못한다.

✏️ 예문을 따라 한 자 한 자 예쁘게 써 보세요.

✏️ 직접 써 보세요.

사랑에 눈이 어두워지면 자식의 잘못을 보지 못하고, 욕심에 마음을 빼앗기면
자기 밭의 곡식이 자라는 것을 보지 못하게 되지요.

한자 원문 人莫知其子之惡 莫知其苗之碩
인 막 지 기 자 지 악 막 지 기 묘 지 석

21

하루에 한문장씩 함께 써 봐요!

효는 임금을 섬기는 방법이고 공손함은 어른을 섬기는 방법이며
자애로움은 백성을 부리는 방법이다.

✏️ 예문을 따라 한 자 한 자 예쁘게 써 보세요.

✏️ 직접 써 보세요.

생각해 볼까요? 여기서 말하는 효는 '충'과 같은 뜻으로 볼 수 있어요. 백성을 부린다는 것은
백성이 따르게 하는 것, 또는 백성의 사랑을 받는 것을 말하지요.

한자 원문 孝者 所以事君也 弟者 所以事長也 慈者 所以使衆也
효 자 소 이 사 군 야   제 자 소 이 사 장 야   자 자 소 이 사 중 야

22

하루에 **한 문장**씩 함께 써 봐요!

월 일

한 집안이 인자하면 한 나라에 인자함이 베풀어지고,
한 집안에서 서로 겸손하면 한 나라에 서로 겸손한 분위기가 만들어진다.

예문을 따라 한 자 한 자 예쁘게 써 보세요.

직접 써 보세요.

모든 것은 하나부터 시작된다는 뜻이에요. 한 사람 한 사람이 인자하면
모든 나라가 인자함으로 가득 차는 거지요.

한자 원문 一家仁 一國興仁 一家讓 一國興讓
일 가 인 일 국 흥 인 일 가 양 일 국 흥 양

23

하루에 한 문장씩 함께 써 봐요!

한 사람이 탐욕을 부리기 시작하면 한 나라가 어지러워지므로 이것을 일러
한 마디의 말이 일을 그르치고 한 사람이 나라를 안정시킨다고 한다.

✏️ 예문을 따라 한 자 한 자 예쁘게 써 보세요.

한		사	람	이		탐	욕	을		부	리	기		시
작	하	면		한		나	라	가		어	지	러	워	지	므
로		이	것	을		일	러		한		마	디	의		말
이		일	을		그	르	치	고		한		사	람	이	
나	라	를		안	정	시	킨	다	고		한	다			

✏️ 직접 써 보세요.

'나 하나 길거리에 쓰레기를 버린다고 무슨 일이 생기겠어?' 하고 생각할 수 있지만
우리나라의 모든 사람이 그렇게 생각하면 어떻게 될까요?

한자 원문

一人貪戾 一國作亂 其機如此 此謂一言債事 一人定國
일인탐려 일국작란 기기여차 차위일언분사 일인정국

32

요임금과 순임금이 인자함으로 천하를 이끌자 백성은 인자함을 그대로 따랐고,
걸왕과 주왕이 난폭함으로 천하를 이끌자 백성은 난폭함을 그대로 따랐다.

 예문을 따라 한 자 한 자 예쁘게 써 보세요.

요	임	금	과		순	임	금	이		인	자	함	으	로
천	하	를		이	끌	자		백	성	은		인	자	함	을
그	대	로		따	랐	고		걸	왕	과		주	왕	이	
난	폭	함	으	로		천	하	를		이	끌	자		백	성
은		난	폭	함	을		그	대	로		따	랐	다	.	

 직접 써 보세요.

 이처럼 누군가의 모범이 된다는 것은 매우 중요한 일이랍니다.
여러분은 동생이나 친구들에게 모범을 보이고 있나요?

한자 원문   堯舜帥天下以仁 而民從之 桀紂帥天下以暴 而民從之
요 순 솔 천 하 이 인   이 민 종 지   걸 주 솔 천 하 이 폭   이 민 종 지

월   일

임금이 백성에게 인자해야 한다고 말하면서 스스로는 난폭함을 좋아한다면
백성은 임금의 명령을 따르지 않는다.

✏️ 예문을 따라 한 자 한 자 예쁘게 써 보세요.

✏️ 직접 써 보세요.

 스스로 모범을 보이지 않는 임금을 따르기는 힘들어요.
윗사람이 먼저 아랫사람에게 모범이 되어야 하겠지요?

 其所令反其所好 而民不從
기 소 령 반 기 소 호   이 민 부 종

군자는 자신에게 선한 마음이 있어야 다른 사람에게도 요구하며,
자신에게 악한 마음이 없어야 다른 사람의 악함을 비난할 수 있다.

✎ 예문을 따라 한 자 한 자 예쁘게 써 보세요.

군	자	는		자	신	에	게		선	한		마	음	이
있	어	야		다	른		사	람	에	게	도		요	구
하	며	,	자	신	에	게		악	한		마	음	이	
없	어	야		다	른		사	람	의		악	함	을		비	난	할
수		있	다	.										

✎ 직접 써 보세요.

생각해 볼까요? 군자는 자신이 도리를 행한 다음에야 비로소 남에게도 도리를 행하라고 요구한다는 말이에요.
즉 남보다 자신이 먼저 실천한다는 뜻이랍니다.

한자 원문 君子 有諸己而後 求諸人 無諸己而後 非諸人
군 자 유 제 기 이 후 구 제 인 무 제 기 이 후 비 제 인

27

하루에 한문장씩 함께 써 봐요!

윗사람에게서 본 싫은 모습으로 아랫사람을 부리지 말며,
아랫사람에게서 본 싫은 모습으로 윗사람을 섬기지 마라.

✏️ 예문을 따라 한 자 한 자 예쁘게 써 보세요.

✏️ 직접 써 보세요.

 여러분도 부모님이나 선생님의 모습이 좋아 보이지 않을 때가 있겠지요.
그런 부분은 잘 기억했다가 여러분이 윗사람이 되어서 아랫사람을 대할 때 떠올려 보세요.

 所惡於上 毋以使下 所惡於下 毋以事上
소 오 어 상 무 이 사 하 소 오 어 하 무 이 사 상

월 일

28

하루에 한문장씩 함께 써 봐요!

백성이 좋아하는 것을 좋아하고, 백성이 싫어하는 것을 싫어하니
이것을 백성의 부모라고 말한다.

✏️ 예문을 따라 한 자 한 자 예쁘게 써 보세요.

백	성	이		좋	아	하	는		것	을		좋	아	하
고		백	성	이		싫	어	하	는		것	을		싫	어
하	니		이	것	을		백	성	의		부	모	라	고	
말	한	다													

✏️ 직접 써 보세요.

생각해 볼까요? 나라를 다스리는 사람은 백성과 마음이 같아야 한다는 말이에요.
여러분이 챙기고 싶은 사람은 무엇을 좋아하고 무엇을 싫어하나요?

한자 원문 民之所好 好之 民之所惡 惡之 此之謂民之父母
민 지 소 호 호 지 민 지 소 오 오 지 차 지 위 민 지 부 모

29

나라를 다스리는 사람은 신중하지 않을 수 없으니 만약 한쪽으로 치우치면
천하의 웃음거리가 될 것이다.

✏️ 예문을 따라 한 자 한 자 예쁘게 써 보세요.

✏️ 직접 써 보세요.

 한쪽으로 치우친다는 것은 자기가 좋아하는 것만 좋아하고,
한 번 싫어하는 것은 절대 하지 않는, 편견을 가진 것을 말해요.

 有國者 不可以不愼 辟則爲天下僇矣
유국자 불가이불신 벽즉위천하육의

38

백성의 마음을 얻으면 나라를 얻을 것이요,
백성의 마음을 잃으면 나라를 잃을 것이다.

 예문을 따라 한 자 한 자 예쁘게 써 보세요.

 직접 써 보세요.

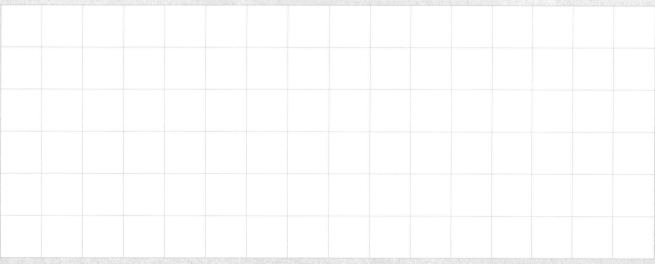

 백성의 마음을 얻는 일이 얼마나 중요한지 알겠지요?
백성의 마음을 잃으면 결국 나라를 잃게 될 정도랍니다.

 道得衆則得國 失衆則失國
도 득 중 즉 득 국   실 중 즉 실 국

31

하루에 한문장씩 함께 써 봐요!

월 일

덕이 있으면 따르는 사람이 생기고, 따르는 사람이 있으면 영토가 생기고,
영토가 있으면 재물이 생기고, 재물이 있으면 쓰임이 생긴다.

✏️ 예문을 따라 한 자 한 자 예쁘게 써 보세요.

덕	이		있	으	면		따	르	는		사	람	이
생	기	고		따	르	는		사	람	이		있	으	면
영	토	가		생	기	고		영	토	가		있	으	면
재	물	이		생	기	고		재	물	이		있	으	면
쓰	임	이		생	긴	다								

✏️ 직접 써 보세요.

가장 중요한 것은 덕이랍니다. 덕이 있으면 다른 것은 따라오지요.
그러니까 자신의 덕을 살피는 것이 가장 먼저예요.

한자 원문 有德此有人 有人此有土 有土此有財 有財此有用
유 덕 차 유 인 유 인 차 유 토 유 토 차 유 재 유 재 차 유 용

40

32

하루에 한문장씩 함께 써 봐요!

월   일

덕은 근본이고 재물은 말단이다. 근본을 밖으로 하고 말단을 안으로 하면 백성이 다투게 된다.

 예문을 따라 한 자 한 자 예쁘게 써 보세요.

덕 은   근 본 이 고   재 물 은   말 단 이
다 .   근 본 을   밖 으 로   하 고   말 단 을
안 으 로   하 면   백 성 이   다 투 게   된
다 .

 직접 써 보세요.

 요즘은 돈의 중요성이 더 커지고 있다고 말하지요?
하지만 세상을 살아갈 때 진짜 중요한 것은 덕이랍니다.

한자 원문 德者本也 財者末也 外本內末 爭民施奪
덕 자 본 야 재 자 말 야 외 본 내 말 쟁 민 시 탈

33

하루에 한문장씩 함께 써 봐요!

재물이 모이면 사람이 흩어지고, 재물이 흩어지면 사람이 모인다.

✏️ 예문을 따라 한 자 한 자 예쁘게 써 보세요.

✏️ 직접 써 보세요.

생각해 볼까요? 재물만을 따르거나 집착하면 절대 백성의 마음을 얻을 수 없다는 뜻이지요.
여러분도 항상 무엇이 제일 중요한지 생각해 보세요.

한자 원문 財聚則民散 財散則民聚
재 취 즉 민 산 재 산 즉 민 취

34

하루에 한문장씩 함께 써 봐요!

말이 잘못 나가면 잘못 들어오듯이 재물도 잘못 들어오면 잘못 나간다.

✏️ 예문을 따라 한 자 한 자 예쁘게 써 보세요.

말	이		잘	못		나	가	면		잘	못		들	어
오	듯	이		재	물	도		잘	못		들	어	오	면
잘	못		나	간	다					

✏️ 직접 써 보세요.

생각해 볼까요?

가는 말이 고와야 오는 말이 곱다고 하지요. 말뿐이 아니랍니다. 잘못 벌어들인 돈으로 부자가 된 사람은 없어요. 그렇게 들어온 돈은 허투루 나가게 마련이거든요.

한자 원문

言悖而出者 亦悖而入 貨悖而入者 亦悖而出
언패이출자 역패이입 화패이입자 역패이출

43

35

하루에 한문장씩 함께 써 봐요!

월   일

초나라에는 보배로 삼을 만한 물건이 없고 오직 착한 사람을 보배로 삼는다.

✏️ 예문을 따라 한 자 한 자 예쁘게 써 보세요.

✏️ 직접 써 보세요.

착한 사람이야말로 나라의 중요하고 귀한 재산이라는 뜻이지요.
어떻게 하면 나라의 보배가 될 수 있을까요?

 楚國 無以爲寶 惟善 以爲寶
초 국 무 이 위 보 유 선 이 위 보

44

하루에 한문장씩 함께 써 봐요!

월 일

오직 어진 사람만이 다른 사람을 사랑할 수 있고, 다른 사람을 미워할 수도 있다.

✏️ 예문을 따라 한 자 한 자 예쁘게 써 보세요.

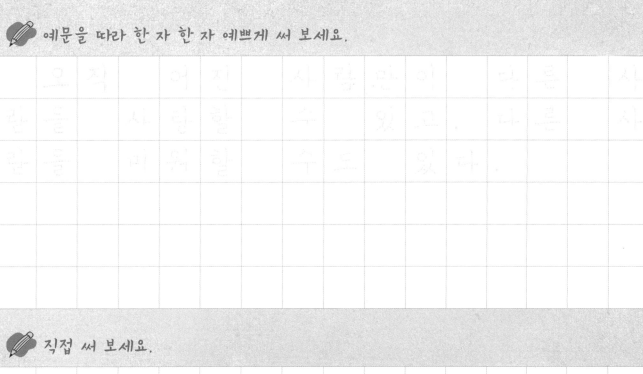

✏️ 직접 써 보세요.

생각해 볼까요? 자신이 어질어야 다른 사람의 어질지 못함을 제대로 가릴 수 있다는 말이지요?
남을 탓하기 전에 자기 마음을 먼저 닦아 보세요.

한자 원문 此謂唯仁人 爲能愛人 能惡人
차 위 유 인 인 위 능 애 인 능 오 인

45

하루에 한문장씩 함께 써 봐요!

다른 사람이 싫어하는 것을 좋아하고, 좋아하는 것을 싫어하면 이는 본성에
어긋나는 것이다. 그러므로 반드시 재앙이 따르게 된다.

✏️ 예문을 따라 한 자 한 자 예쁘게 써 보세요.

✏️ 직접 써 보세요.

 그렇다고 무조건 남을 따라 좋아하거나 싫어해야 한다는 뜻은 아니에요.
많은 사람이 좋아하는 데는 그만한 이유가 있는 거지요.

 好人之所惡 惡人之所好 是謂拂人之性 菑必逮夫身
호인지소오 오인지소호 시위불인지성 재필체부신

월   일

군자에게는 큰 도가 있으니 반드시 충성과 믿음으로 이것을 얻고,
교만함과 건방짐으로 이것을 잃는다.

✏️ 예문을 따라 한 자 한 자 예쁘게 써 보세요.

✏️ 직접 써 보세요.

 군자는 충심과 믿음을 가지고 있어야 하지요.
잘난 척하거나 남을 업신여겨서는 군자가 될 수 없답니다.

한자 원문 君子有大道 必忠信以得之 驕泰以失之
군 자 유 대 도   필 충 신 이 득 지   교 태 이 실 지

47

월 일

생산자는 많고 소비자는 적으며 생산은 빠르게 하고 소비는 천천히 한다면 재물이 항상 풍족할 것이다.

✏️ 예문을 따라 한 자 한 자 예쁘게 써 보세요.

생	산	자	는		많	고		소	비	자	는		적	으
며		생	산	은		빠	르	게		하	고		소	비	는
천	천	히		한	다	면		재	물	이		항	상		풍
족	할		것	이	다									

✏️ 직접 써 보세요.

생각해 볼까요?

쓰는 것보다 만들어 내는 것이 많으면 모든 것이 항상 넉넉하지요.
소비를 줄이는 게 중요하답니다.

한자 원문 生之者衆 食之者寡 爲之者疾 用之者舒 則財恒足矣
생 지 자 중 식 지 자 과 위 지 자 질 용 지 자 서 즉 재 항 족 의

월 일

어진 사람은 재물을 잘 써서 자신을 일으키고
어질지 못한 사람은 자신을 혹사해서 재물을 일으킨다.

 예문을 따라 한 자 한 자 예쁘게 써 보세요.

어	진		사	람	은		재	물	을		잘		써	서
자	신	을		일	으	키	고		어	질	지		못	한
사	람	은		자	신	을		혹	사	해	서		재	물	을
일	으	킨	다	.										

 직접 써 보세요.

 돈은 사람이 편리하게 살기 위해 필요한 거예요.
사람이 돈을 위해서 존재하는 것은 아니랍니다.

한자 원문 仁者 以財發身 不仁者 以身發財
인 자 이 재 발 신 불 인 자 이 신 발 재

49

하루에 한 문장씩 함께 써 봐요!

윗사람이 어진 것을 좋아하는데 아랫사람이 어진 것을 좋아하지 않는 경우는 없다.

✏️ 예문을 따라 한 자 한 자 예쁘게 써 보세요.

✏️ 직접 써 보세요.

여러분도 윗물이 맑아야 아랫물이 맑다는 말을 들어 보았지요?
윗사람의 행동이 얼마나 중요한지 알려 주는 글이에요.

한자 원문   未有上好仁 而下不好義者也
미 유 상 호 인   이 하 불 호 의 자 야

42

하루에 한문장씩 함께 써 봐요!

월   일

나라는 이익으로 이로움을 삼지 않고, 의로움으로 이로움을 삼는다.

✏️ 예문을 따라 한 자 한 자 예쁘게 써 보세요.

나	라	는		이	익	으	로		이	로	움	을		삼
지		않	고	,	의	로	움	으	로		이	로	움	을	
삼	는	다	.												

✏️ 직접 써 보세요.

  내 욕심만 채우다 보면 의롭지 못한 행동을 할 수도 있어요.
의롭게 살다 보면 좋은 일이 반드시 생긴답니다.

한자 원문 國不以利爲利 以義爲利也
국 불 이 리 위 리 이 의 위 리 야

중용 따라쓰기

하늘이 만물에 준 것을 본성이라 하고, 자신에게 준 본성을 따르는 것을
도라 하며, 도를 닦는 것을 가르침이라 한다.

✏️ 예문을 따라 한 자 한 자 예쁘게 써 보세요.

하	늘	이		만	물	에		준		것	을		본	성
이	라		하	고	,		자	신	에	게		준		본	성	을

✏️ 직접 써 보세요.

 여기서 하늘은 '자연'을 말해요. 우리는 자연으로부터 본성을 받았고,
자연의 일부랍니다.

한자 원문 天命之謂性 率性之謂道 修道之謂教
천 명 지 위 성 솔 성 지 위 도 수 도 지 위 교

02

하루에 한문장씩 함께 써 봐요!

도라는 것은 잠시라도 떨어질 수 없다. 떨어질 수 있다면 도가 아니다.

✏️ 예문을 따라 한 자 한 자 예쁘게 써 보세요.

✏️ 직접 써 보세요.

도는 저 멀리 있는 것이 아니라, 우리 생활 속에, 삶 속에 늘 함께 한다는 거예요.
여러분은 생활 속에서 어떻게 도를 실천하고 있나요?

한자 원문   道也者 不可須臾離也 可離 非道也
도 야 자 불 가 수 유 리 야   가 리   비 도 야

월   일

군자는 다른 사람이 보지 않는 곳에서도 조심하고,
다른 사람이 듣지 않는 곳에서도 두려워한다.

 예문을 따라 한 자 한 자 예쁘게 써 보세요.

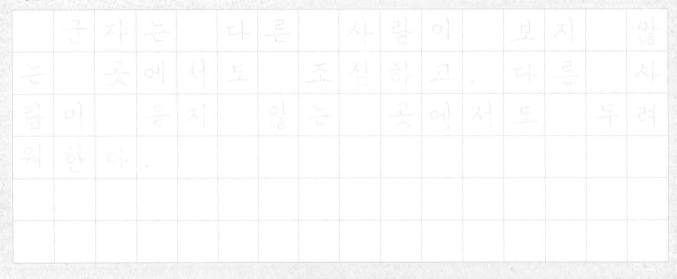

군	자	는		다	른		사	람	이		보	지		않
는		곳	에	서	도		조	심	하	고	,		다	른		사
람	이		듣	지		않	는		곳	에	서	도		두	려
워	한	다	.											

 직접 써 보세요.

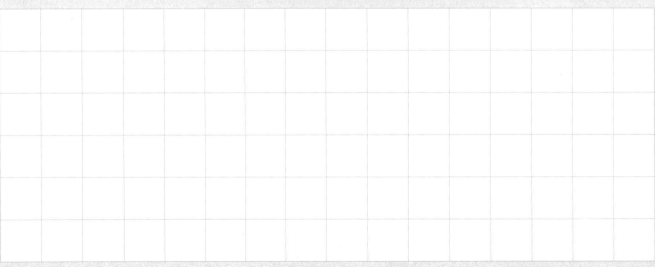

 군자의 자세를 말하고 있어요.
아무도 없는 곳에서도 조심하고 또 조심하는 것이 군자랍니다.

한자 원문 君子 戒愼乎其所不睹 恐懼乎其所不聞
군자 계신호기소부도 공구호기소불문

56

| 월 | 일 |

은밀한 곳보다 눈에 잘 드러나는 곳이 없고
미미한 일보다 분명하게 나타나는 일은 없다.

 예문을 따라 한 자 한 자 예쁘게 써 보세요.

은	밀	한		곳	보	다		눈	에		잘		드	러
나	는		곳	이		없	고		미	미	한		일	보	다
분	명	하	게		나	타	나	는		일	은		없	다	.

 직접 써 보세요.

 미미하다는 것은 아주 작은 것을 말해요. 너무 작아서 아무도 모를 거라고
생각해도 결국은 다 드러난다는 뜻이지요.

 莫見乎隱 莫顯乎微
막 현 호 은 막 현 호 미

월   일

기쁘고 화나고 슬프고 즐거운 감정이 아직 생기지 않은 상태를 중이라고 한다.
이런 감정이 생겨도 모두 절도에 맞는 상태에 이른 것을 화라고 한다.

✏️ 예문을 따라 한 자 한 자 예쁘게 써 보세요.

✏️ 직접 써 보세요.

'화'란 서로 뜻이 맞아 좋은 상태를 말하지요.
화합을 생각하면 이해하기 쉬울 거예요.

한자 원문 喜怒哀樂之未發 謂之中 發而皆中節 謂之和
희노애락지미발 위지중 발이개중절 위지화

월   일

중이란 천하의 가장 큰 근본이며 화란 세상 모든 것에 두루 통하는 도이다.

 예문을 따라 한 자 한 자 예쁘게 써 보세요.

중	이	란		천	하	의		가	장		큰		근	본
이	며		화	란		세	상		모	든		것	에		두
루		통	하	는		도	이	다						

✏️ 직접 써 보세요.

 중을 왜 천하에서 가장 큰 근본이라고 했을까요?
여러분도 그 이유를 곰곰이 생각해 보세요.

한자 원문 中也者 天下之大本也 和也者 天下之達道也
중 야 자 천 하 지 대 본 야 화 야 자 천 하 지 달 도 야

59

하루에 한문장씩 함께 써 봐요!

월   일

중과 화에 이르면 하늘과 땅이 제자리에 서고 만물이 번성한다.

✎ 예문을 따라 한 자 한 자 예쁘게 써 보세요.

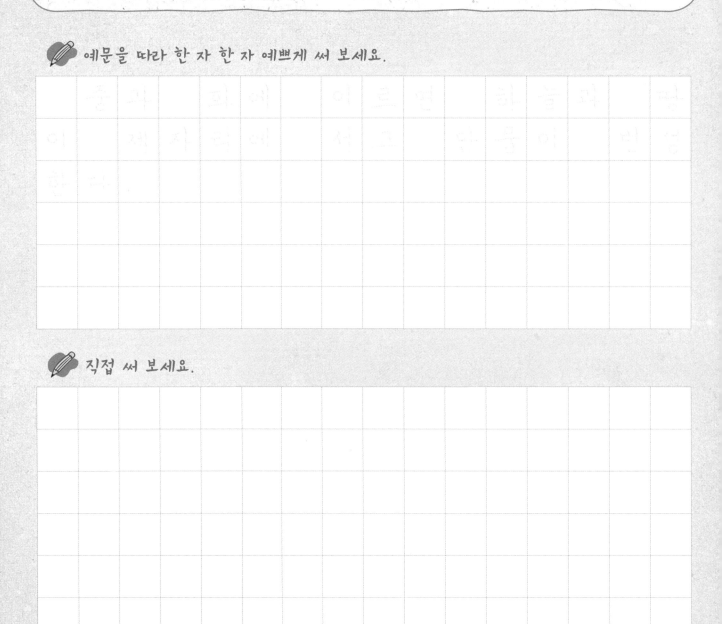

중	과		화	에		이	르	면		하	늘	과		땅
이		제	자	리	에		서	고		만	물	이		번	성
한	다														

✎ 직접 써 보세요.

생각해 볼까요?

중과 화에 도달할 정도가 되면 하늘과 땅에 사는 모든 생명이 잘 자란다는 말이지요.
중과 화에 도달하기 위해 여러분이 할 수 있는 일은 무엇일까요?

한자 원문   致中和 天地位焉 萬物育焉
치 중 화 천 지 위 언 만 물 육 언

군자는 중용을 실천하고 소인은 중용과 반대로 행동한다.

✏️ 예문을 따라 한 자 한 자 예쁘게 써 보세요.

군	자	는		중	용	을		실	천	하	고		소	인
은		중	용	과		반	대	로		행	동	한	다	.

✏️ 직접 써 보세요.

 여러분은 군자인가요? 소인인가요?
소인이 되지 않으려면 어떻게 해야 할까요?

한자 원문 君子中庸 小人反中庸
군 자 중 용 소 인 반 중 용

61

09

하루에 한문장씩 함께 써 봐요!

월   일

도가 행해지지 않는 이유는 지혜로운 사람은 지나치고,
어리석은 사람은 미치지 못하기 때문이다.

✏️ 예문을 따라 한 자 한 자 예쁘게 써 보세요.

✏️ 직접 써 보세요.

똑똑한 사람은 아는 것이 너무 많아 더 이상 행할 도가 없다고 생각하고,
어리석은 사람은 도를 행할 이유를 몰라서 도를 행하는 사람이 적다는 뜻이에요.

한자 원문 道之不行也 我知之矣 知者過之 愚者不及也
도 지 불 행 야 아 지 지 의 지 자 과 지 우 자 불 급 야

도가 밝게 드러나지 않는 이유는 현명한 사람은 지나치고,
못난 사람은 미치지 못하기 때문이다.

 예문을 따라 한 자 한 자 예쁘게 써 보세요.

 직접 써 보세요.

 앞에서 나온 이유와 비슷하지요?
이처럼 똑똑한 사람이 반드시 도를 잘 실천하는 것은 아니랍니다.

한자 원문 道之不明也 我知之矣 賢者過之 不肖者不及也
도 지 불 명 야 아 지 지 의 현 자 과 지 불 초 자 불 급 야

하루에 한문장씩 함께 써 봐요!

사람은 누구나 먹고 마시지만 맛을 제대로 알 수 있는 사람은 드물다.

✏️ 예문을 따라 한 자 한 자 예쁘게 써 보세요.

사	람	은		누	구	나		먹	고		마	시	지	만
맛	을		제	대	로		알		수		있	는		사	람
은		드	물	다										

✏️ 직접 써 보세요.

  늘 도의 곁에 있지만 진정한 도가 무엇인지 모른다는 말을 비유적으로 표현했지요.
여러분은 진정한 도가 무엇인지 알고 있나요?

한자 원문 人莫不飮食也 鮮能知味也
인 막 불 음 식 야 선 능 지 미 야

사람들은 모두 자기가 똑똑하다고 말하지만,
중용을 선택하고는 한 달도 제대로 지키지 못한다.

 예문을 따라 한 자 한 자 예쁘게 써 보세요.

사	람	들	은		모	두		자	기	가		똑	똑	하
다	고		말	하	지	만	,	중	용	을		선	택	하	고
는		한		달	도		제	대	로		지	키	지		못
한	다	.												

 직접 써 보세요.

똑똑해도 도를 잘 실천할 수 없는 것처럼 똑똑해도 중용을 지키기가
얼마나 어려운지 깨달은 공자님의 말씀이랍니다.

한자 원문 人皆曰予知 擇乎中庸而不能期月守也
인 개 왈 여 지 택 호 중 용 이 불 능 기 월 수 야

하루에 한문장씩 함께 써 봐요!

온 세상이나 나라 하나 정도는 잘 다스릴 수 있고, 벼슬과 녹봉을 사양할 수도 있으며, 서슬이 퍼런 칼날을 밟을 수는 있어도, 중용은 잘할 수 없다.

✏️ 예문을 따라 한 자 한 자 예쁘게 써 보세요.

✏️ 직접 써 보세요.

생각해 볼까요? 지혜롭게, 어질게, 용감하게 살기도 어렵지만 중용을 이루면서 살기가 가장 어렵다는 말이에요. 하지만 어렵다고 노력해 보지도 않고 포기하면 안 되겠지요?

한자 원문 天下國家可均也 爵祿可辭也 白刃可蹈也 中庸不可能也
천 하 국 가 가 균 야   작 록 가 사 야   백 인 가 도 야   중 용 불 가 능 야

군자의 도는 광대하면서도 드러나지 않는다.

 예문을 따라 한 자 한 자 예쁘게 써 보세요.

군	자	의		도	는		광	대	하	면	서	도	
드	러	나	지		않	는	다	.					

 직접 써 보세요.

'광대'는 크고 넓다는 뜻이에요.
아무리 크고 넓어도 눈에 잘 보이지 않는 것이 바로 군자의 도랍니다.

한자 원문 **君子之道 費而隱**
군 자 지 도 비 이 은

67

월   일

도는 사람과 멀리 있지 않은데, 사람이 도를 행한다고 하면서
사람과 멀어지면 도를 행한다고 할 수 없다.

✎ 예문을 따라 한 자 한 자 예쁘게 써 보세요.

✎ 직접 써 보세요.

우리가 지켜야 할 도는 생활 속에, 우리 주변에 있어요.
멀리 있다고 생각하면 오히려 도를 이룰 수 없지요.

한자 원문 道不遠人 人之爲道而遠人 不可以爲道
도 불 원 인 인 지 위 도 이 원 인 불 가 이 위 도

군자는 부귀한 상태에 있으면 부귀하게 행동하고 가난한 상태에 있으면 가난하게 행동한다. 군자는 어떤 처지에 있어도 그에 맞게 행동한다.

 예문을 따라 한 자 한 자 예쁘게 써 보세요.

🖉 직접 써 보세요.

  이 말은 군자는 자신의 처지를 잘 알고 그것에 만족할 줄 알며 외부의 환경이나 상황에 얽매이지 않는다는 것을 설명한 거랍니다.

한자 원문 素富貴 行乎富貴 素貧賤 行乎貧賤 君子無入而不自得焉
소 부 귀 행 호 부 귀 소 빈 천 행 호 빈 천 군 자 무 입 이 불 자 득 언

군자는 순리대로 생활하면서 그 결과를 기다린다.
그러나 소인은 위태롭게 행동하면서 요행을 바란다.

✏️ 예문을 따라 한 자 한 자 예쁘게 써 보세요.

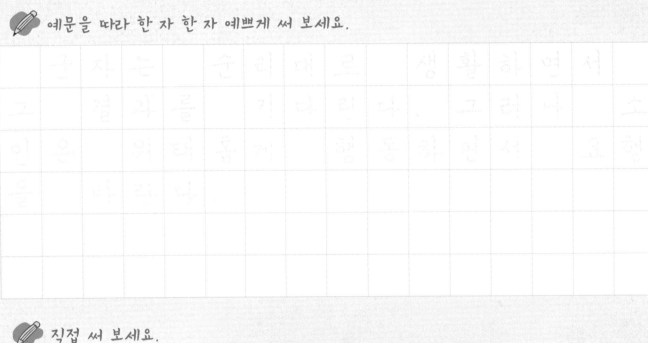

✏️ 직접 써 보세요.

요행은 생각하지도 않은 행운을 뜻하는 말이에요.
스스로 행하지 않으면서 요행만을 바라는 사람은 소인일 뿐이에요.

한자 원문 君子居易以俟命 小人行險以徼幸
군 자 거 이 이 사 명   소 인 행 험 이 요 행

월   일

활쏘기는 군자가 자신의 행동을 되돌아볼 때와 비슷하다.
활을 쏘아 정곡을 맞추지 못하면 그 이유를 자신에게서 찾는다.

 예문을 따라 한 자 한 자 예쁘게 써 보세요.

 직접 써 보세요.

정곡은 과녁의 제일 가운데 점을 뜻하는 말이에요. 여러분은 혹시 어떠한 일의
결과가 안 좋을 때 무조건 주위를 탓하지 않았는지 되돌아보세요.

한자 원문 射有似乎君子 失諸正鵠 反求諸其身
사 유 사 호 군 자 실 제 정 곡 반 구 제 기 신

군자의 도란 멀리 가려면 반드시 가까운 곳에서부터 걸어가야 하는 것과 같고,
높은 곳에 오르려면 반드시 낮은 곳에서부터 시작해야 하는 것과 같다.

✏️ 예문을 따라 한 자 한 자 예쁘게 써 보세요.

군	자	의		도	란		멀	리		가	려	면		반
드	시		가	까	운		곳	에	서	부	터		걸	어	가
야		하	는		것	과		같	고	,		높	은		곳	에
오	르	려	면		반	드	시		낮	은		곳	에	서	부
터		시	작	해	야		하	는		것	과		같	다	.

✏️ 직접 써 보세요.

무슨 일을 하든지 처음이 필요하답니다.
첫발을 내딛는 것이 완성을 향해 가는 길이지요.

🌸 한자 원문   君子之道 譬如行遠必自邇 譬如登高必自卑
군 자 지 도 비 여 행 원 필 자 이 비 여 등 고 필 자 비

72

사람의 도는 정치를 통해 금방 드러나고, 땅의 도는 나무를 통해 금방 드러난다.

✏️ 예문을 따라 한 자 한 자 예쁘게 써 보세요.

사	람	의		도	는		정	치	를		통	해		금
방		드	러	나	고	,	땅	의		도	는		나	무	를
통	해		금	방		드	러	난	다	.					

✏️ 직접 써 보세요.

도를 행하는 사람이 정치하면 짧은 시간 동안에 많은 사람이 따르기 때문에
금방 그 사람의 도가 드러난다는 말이에요.

한자 원문   人道敏政 地道敏樹
인 도 민 정   지 도 민 수

하루에 한문장씩 함께 써 봐요!

정치의 성패는 사람에게 달려 있다. 사람을 얻으려면 몸으로써 하고, 몸을 수양하려면 도로써 하고, 도를 닦으려면 인자함으로 해야 한다.

✏️ 예문을 따라 한 자 한 자 예쁘게 써 보세요.

✏️ 직접 써 보세요.

 제대로 정치하기 위해서는 제대로 된 사람을 얻어야 해요. 하지만 먼저 자신의 몸과 마음을 갈고닦아야 한답니다.

 한자 원문   爲政在人 取人以身 修身以道 修道以仁
위정재인 취인이신 수신이도 수도이인

74

배움을 좋아하는 것은 지혜로움에 가깝고, 힘써 행하는 것은 인자함에 가깝고,
부끄러워할 줄 아는 것은 용맹함에 가깝다.

 예문을 따라 한 자 한 자 예쁘게 써 보세요.

 직접 써 보세요.

 부끄러워할 줄 아는 것은 용기 있는 행동이라는 공자님의 말씀이에요.
부끄러움을 느낀 뒤에 어떻게 행동하느냐도 중요하겠지요?

한자 원문 好學近乎知 力行近乎仁 知恥近乎勇
호 학 근 호 지 역 행 근 호 인 지 치 근 호 용

하루에 한 문장씩 함께 써 봐요!

월   일

천하와 국가를 다스리는 데는 아홉 가지 큰 원칙이 있지만
그것을 실천하는 것은 하나다.

✎ 예문을 따라 한 자 한 자 예쁘게 써 보세요.

✎ 직접 써 보세요.

생각해 볼까요?   국가를 다스리는 데는 여러 가지 원칙이 필요하지만 정성이 없다면
그 원칙이 모두 헛되다는 말이에요. 원칙만으로 백성을 다스릴 수는 없지요.

한자 원문   爲天下國家有九經 所以行之者一也
위 천 하 국 가 유 구 경   소 이 행 지 자 일 야

성실함은 하늘의 도이며 성실해지려고 하는 것은 사람의 도이다.

✏️ 예문을 따라 한 자 한 자 예쁘게 써 보세요.

✏️ 직접 써 보세요.

성실히 살기 위해 노력하는 것이 도에 이르는 기본이랍니다.
오늘은 어떤 일을 가장 성실히 했나요?

한자 원문 誠者天之道也 誠之者人之道也
성 자 천 지 도 야 성 지 자 인 지 도 야

25

월   일

성실함은 사물의 처음이자 끝이다. 성실하지 않으면 어떠한 사물도 없다.
그러므로 군자는 성실함을 가장 귀하게 여긴다.

✏️ 예문을 따라 한 자 한 자 예쁘게 써 보세요.

✏️ 직접 써 보세요.

성실하지 않으면 어떠한 일도 이룰 수 없다는 뜻이에요.
군자는 성실해지기 위해 계속 노력하는 것이 가장 중요하다고 말하고 있어요.

한자 원문 **誠者物之終始 不誠無物 是故君子誠之爲貴**
성 자 물 지 종 시 불 성 무 물 시 고 군 자 성 지 위 귀

효과가 있으면 오래 유지할 수 있고, 오래 유지할 수 있으면 넓고 두터워지며, 넓고 두터워지면 높고 밝아진다.

 예문을 따라 한 자 한 자 예쁘게 써 보세요.

 직접 써 보세요.

 이런 경험은 여러분도 많을 거예요. 공부가 재미있으면 계속하게 되고, 계속하다 보면 머지않아 공부의 달인이 되겠지요?

한자 원문 徵則悠遠 悠遠則博厚 博厚則高明
징 즉 유 원 유 원 즉 박 후 박 후 즉 고 명

● HRS 학습센터는 어린이가 손으로(HAND), 반복해서(REPEAT), 스스로(SELF) 하는
   학습법을 계발하고 연구하기 위해 모인 출판기획모임입니다.

● 이 책에 나오는 《대학》과 《중용》의 글귀는 원문의 참뜻을 잘 이해할 수 있도록
   초등학생의 눈높이에 맞게 적절히 손보았음을 밝혀 둡니다.

어린이를 위한
대학 · 중용 따라쓰기

기획·엮음 HRS 학습센터

1판 1쇄 발행 2012년 7월 11일
1판 7쇄 발행 2019년 4월 15일

발행처 (주)옥당북스
발행인 신은영

등록번호 제310-2008-44호
등록일자 2008년 5월 19일

주소 경기도 고양시 일산동구 무궁화로 11 한라밀라트 B동 215호
전화 (070)8224-5900 팩스 (031)8010-1066

저작권자 ⓒ 2014 HRS 학습센터

값은 표지에 있습니다.
ISBN 978-89-962766-6-1 63710

홈페이지 www.okdangbooks.com
이메일 coolsey@okdangbooks.com

이 도서의 국립중앙도서관 출판시 도서목록(CIP)은
e-CIP홈페이지(http://www.nl.go.kr/ecip)와
국가자료공동목록시스템(http://www.nl.go.kr/kolisnet)에서
이용하실 수 있습니다.(CIP제어번호:CIP2012002743)